JN437333

육사 시집

육사 시집

이육사 지음

일러두기

1. 이 책의 텍스트는 1946년 10월 20일에 발행된 『육사 시집』의 초간본이다.
2. 표기는 원칙적으로 현행 맞춤법에 따랐다. 그러나 특별한 시적 효과와 관련된다고 판단되는 경우는 원문의 표기를 그대로 두었다.
3. 한자는 한글로 고치되, 꼭 필요한 경우는 괄호 처리 하였다.
4. 편자 주는 모두 후주로 처리하였다.
5. 한 편의 시가 다음 면으로 이어질 때 연이 나뉘면 첫 번째 행 상단에 줄 비움 기호(>)를 넣어 구분하였다.

서(序)

육사가 북경 옥사(獄舍)에서 영면(永眠)한 지 벌써 이 년이 가까워 온다. 그가 세상에 남기고 간 스무여 편의 시를 모아 한 권의 책을 만들었다.

시의 교졸(巧拙)을 이야기함은 평가(評家)의 일이나 한평생을 걸려 쓴 시로는 의외로 수효가 적음은 고인의 생활이 신산하였음을 이야기하고도 남는다.

작품이 애절함도 그 까닭이다.

서울 하숙방에서 이역 야등(夜燈) 아래 이 시를 쓰면서 그가 모색한 것은 무엇이었을까. 실생활의 고독에서 우러나온 것은 항시 무형(無形)한 동경이었다. 그는 한평생 꿈을 추구한 사람이다. 시가 세상에 묻지 않는 것은 당연한 일이다. 다만 안타까이 공중에 그린 무형한 꿈이 형태와 의상을 갖추기엔 고인의 목숨이 너무 짧았다.

유작으로 발표된 「광야」, 「꽃」에서 사람과 작품이 원숙해 가는 도중에 요절한 것이 한층 더 애달픔은 이 까닭이다.

육신은 없어지고 그의 생애를 조각한 비애가 맺은 몇 편의 시가 우리의 수중에 남아 있을 뿐이나 한 사람의 시인이 살고 간 흔적을 찾기엔 이로써 족할 것이다. 살아 있는 우리는 고인의 사인(死因)까지도 자세히 모르나 육사는 저 세상에서도 분명 미진한 꿈으로 시를 쓰고 있을 것이다. 그러나 유명(幽明)의 안개에 가려 우리가 그것을 듣지 못할 뿐이다.

1946. 8. 21.
신석초
김광균
오장환
이용악

황혼

내 골방의 커튼을 걷고
정성된 마음으로 황혼을 맞아들이노니
바다의 흰 갈매기들같이도
인간은 얼마나 외로운 것이냐

황혼아 네 부드러운 손을 힘껏 내밀라
내 뜨거운 입술을 맘대로 맞추어 보련다
그리고 네 품 안에 안긴 모든 것에
나의 입술을 보내게 해다오

저 십이 성좌의 반짝이는 별들에게도
종소리 저문 삼림 속 그윽한 수녀들에게도
시멘트 장판 위 그 많은 수인(囚人)들에게도
의지가지없는 그들의 심장이 얼마나 떨고 있는가

고비 사막을 걸어가는 낙타 탄 행상대에게나
아프리카 녹음 속 활 쏘는 토인들에게라도

황혼아 네 부드러운 품 안에 안기는 동안이라도
지구의 반쪽만을 나의 타는 입술에 맡겨 다오

내 오월의 골방이 아늑도 하니
황혼아 내일도 또 저 푸른 커튼을 걷게 하겠지
암암(暗暗)히 사라지긴 시냇물 소리 같아서
한번 식어지면 다시는 돌아올 줄 모르나 보다

청포도

내 고장 칠월은
청포도가 익어 가는 시절

이 마을 전설이 주저리주저리 열리고
먼 데 하늘이 꿈꾸며 알알이 들어와 박혀

하늘 밑 푸른 바다가 가슴을 열고
흰 돛단배가 곱게 밀려서 오면

내가 바라는 손님은 고달픈 몸으로
청포(靑袍)를 입고 찾아온다고 했으니

내 그를 맞아 이 포도를 따 먹으면
두 손은 함뿍 적셔도 좋으련

아이야 우리 식탁엔 은쟁반에
하이얀 모시 수건을 마련해 두렴

노정기(路程記)

목숨이란 마치 깨어진 뱃조각
여기저기 흩어져 마을이 구죽죽한 어촌보다 어설프고
삶의 티끌만 오래 묵은 포범(布帆)처럼 달아 매였다

남들은 기뻤다는 젊은 날이었건만
밤마다 내 꿈은 서해를 밀항하는 정크*와 같아
소금에 절고 조수에 부풀어 올랐다

항상 흐릿한 밤 암초를 벗어나면 태풍과 싸워 가고
전설에 읽어 본 산호도(珊瑚島)는 구경도 못 하는
그곳은 남십자성이 비쳐 주지도 않았다

쫓기는 마음 지친 몸이길래
그리운 지평선을 한숨에 기어오르면
시궁치는 열대식물처럼 발목을 에워쌌다

새벽 밀물에 밀려온 거미냐

다 삭아 빠진 소라 껍질에 나는 붙어 왔다
먼 항구의 노정에 흘러간 생활을 들여다보며

연보(年譜)

〈너는 돌다릿목에서 줘 왔다〉던
할머니 핀잔이 참이라고 하자

나는 진정 강 언덕 그 마을에
버려진 문바지였는지 몰라

그러기에 열여덟 새봄은
버들피리 곡조에 불어 보내고

첫사랑이 흘러간 항구의 밤
눈물 섞어 마신 술 피보다 달더라

공명이 마다곤들 언제 말이나 했나
바람에 불어 돌아온 고장도 비고

서리 밟고 걸어간 새벽길 위에
간(肝)잎만 새하얗게 단풍이 들어

>

거미줄만 발목에 걸린다 해도
쇠사슬을 잡아맨 듯 무거워졌다

눈 위에 걸어가면 자국이 지리라고
때로는 설레며 바람도 불지

절정

매운 계절의 채찍에 갈겨
마침내 북방으로 휩쓸려 오다

하늘도 그만 지쳐 끝난 고원
서릿발 칼날 진 그 위에 서다

어디다 무릎을 꿇어야 하나
한 발 제겨디딜 곳조차 없다

이러매 눈 감아 생각해 볼밖에
겨울은 강철로 된 무지갠가 보다

아편(鴉片)

나릿한 남만(南蠻)의 밤
번제(燔祭)의 두렛불 타오르고

옥돌보다 찬 넋이 있어
홍역이 만발하는 거리로 쏠려

거리엔 노아의 홍수 넘쳐나고
위태한 섬 위에 빛난 별 하나

너는 고 알몸뚱아리 향기를
봄마다 바람 실은 돛대처럼 오라

무지개같이 황홀한 삶의 광영
죄와 곁들여도 삶 직한 누리

나의 뮤즈

아주 헐벗은 나의 뮤즈는
한 번도 기야 싶은 날이 없어
사뭇 밤만을 왕자처럼 누려 왔소

아무것도 없는 주제였지만도
모든 것이 제 것인 듯 버티는 멋이야
그냥 인드라의 영토를 날아도 다닌다오

고향은 어디라 물어도 말은 않지만
처음은 정녕 북해안 매운 바람 속에 자라
대곤(大鯤)을 타고 다녔단 것이 일생의 자랑이죠

계집을 사랑커든 수염이 너무 주체스럽다 해도
취하면 행랑 뒷골목을 돌아서 다니며
보[袱]보다 크고 흰 귀를 자주 망토로 가리오

그러나 나와는 몇천 겁 동안이나

바로 비취가 녹아나는 듯한 돌샘가에
향연이 벌어지면 부르는 노래란 목청이 외골수요

밤도 시진하고 닭소리 들릴 때면
그만 그는 별 계단을 성큼성큼 올라가고
나는 촛불도 꺼져 백합꽃밭에 옷깃이 젖도록 잤소*

교목(喬木)

푸른 하늘에 닿을 듯이
세월에 불타고 우뚝 남아 서서
차라리 봄도 꽃 피진 말아라

낡은 거미집 휘두르고
끝없는 꿈길에 혼자 설레는
마음은 아예 뉘우침 아니라

검은 그림자 쓸쓸하면
마침내 호수 속 깊이 거꾸러져
차마 바람도 흔들진 못해라

아미(蛾眉)*

—구름의 백작 부인

향수(鄕愁)에 철 나면 눈썹이 기나니요
바다랑 바람이랑 그 사이 태어났고
나라마다 어진 풍속 자랐겠죠

짙푸른 깁장(帳)을 나서면 그 몸매
하이얀 깃옷은 휘둘러 눈부시고
정녕 왈츠라도 추시려는가 봐요

햇살같이 펼쳐진 부채는 감춰도
도톰한 손결 교소(驕笑)를 가리어서
공주의 홀(笏)보다 깨끗이 떨리오

언제나 모임에 지쳐서 돌아오면
꽃다발 향기조차 기억만 새로워라
찬 젓대 소리에다 옷끈을 흘려보내고

촛불처럼 타오르는 가슴속 사념은

진정 누구를 아끼시는 속죄라오
발아래 가득히 황혼이 나울치오

달빛은 서늘한 원주(圓柱) 아래 듭시면
장미 쪄* 이고 장미 쪄 흩으시고
아련히 가시는 곳 그 어딘가 보이오

자야곡(子夜曲)

수만 호 빛이라야 할 내 고향이언만
노랑나비도 오잖는 무덤 위에 이끼만 푸르러라

슬픔도 자랑도 집어삼키는 검은 꿈
파이프엔 조용히 타오르는 꽃불도 향기론데

연기는 돛대처럼 내려 항구에 들고
옛날의 들창마다 눈동자엔 짠 소금이 저려*

바람 불고 눈보라 치잖으면 못 살리라
매운 술을 마셔 돌아가는 그림자 발자취 소리

숨 막힐 마음속에 어디 강물이 흐르느뇨
달은 강을 따르고 나는 차디찬 강 맘에 들이노라

수만 호 빛이라야 할 내 고향이언만
노랑나비도 오잖는 무덤 위에 이끼만 푸르러라

호수

내어달리고 싶은 마음이련만은
바람 씻은 듯 다시 명상하는 눈동자

때로 백조를 불러 휘날려 보기도 하건만
그만 기슭을 안고 돌아누워 흑흑 느끼는 밤

희미한 별 그림자를 씹어 놓는 동안
자줏빛 안개 가벼운 명모(瞑帽)같이 내려 씌운다

소년에게

차디찬 아침 이슬
진주가 빛나는 못가
연꽃 하나 다복히 피고

소년아 네가 났더니*
맑은 넋에 깃들어
박꽃처럼 자랐어라

큰 강 목 놓아 흘러
여울은 흰 돌 쪽마다
소리 석양을 새기고

너는 준마 달리며
죽도(竹刀) 져 곧은 기운을
목숨같이 사랑했거늘

거리를 쫓아다녀도

분수(噴水) 있는 풍경 속에
동상답게 서 봐도 좋다

서풍 뺨을 스치고
하늘 한 가 구름 뜨는 곳
희고 푸른 지음을 노래하며

그래 가락은 흔들리고
별들 춥다 얼어붙고
너조차 미친들 어떠랴

강 건너간 노래

선달에도 보름께 달 밝은 밤
앞냇강 쨍쨍 얼어 조이던 밤에
내가 부르던 노래는 강 건너갔소

강 건너 하늘 끝에 사막도 닿은 곳
내 노래는 제비같이 날아서 갔소

못 잊을 계집애나 집조차 없다기
가기는 갔지만 어린 날개 지치면
그만 어느 모래부리에 떨어져 타 죽겠소

사막은 끝없이 푸른 하늘이 덮여
눈물 먹은 별들이 조상 오는 밤

밤은 옛일을 무지개보다 곱게 짜내나니
한 가락 여기 두고 또 한 가락 어드멘가
내가 부른 노래는 그 밤에 강 건너갔소

파초

항상 앓는 나의 숨결이 오늘은
해월(海月)처럼 게을러 은빛 물결에 뜨나니

파초 너의 푸른 옷깃을 들어
이닷* 타는 입술을 축여 주렴

그 옛적 사라센의 마지막 날엔
기약 없이 흩어진 두 날 넋이었어라

젊은 여인들의 잡아 못 놓은 소매 끝엔
고운 소금조차 아직 꿈을 짜는데

먼 성좌와 새로운 꽃들을 볼 때마다
잊었던 계절을 몇 번 눈 위에 그렸느뇨

차라리 천년 뒤 이 가을밤 나와 함께
빗소리는 얼마나 긴가 재어 보자

>

그리고 새벽하늘 어디 무지개 서면
무지개 밟고 다시 끝없이 헤어지세

반묘(斑猫)

어느 사막의 나라 유폐된 후궁의 넋이기에
몸과 마음도 아롱져 근심스러워라

칠색 바다를 건너서 와도 그냥 눈동자에
고향의 황혼을 간직해 서럽지 않뇨

사람의 품에 깃들면 등을 굽히는 짓새
산맥을 느낄수록 끝없이 게을러라

그 작은 포효는 어느 선조 때 유전(遺傳)이길래
반묘의 노래야 한층 더 잔조우리라

그보다 뜰 안에 흰 나비 나직이 날아올 땐
한낮의 태양과 튤립 한 송이 지킴 직하고

독백

운모처럼 희고 찬 얼굴
그냥 주검에 물든 줄 아나
내 지금 달 아래 서서 있네

높대보다 높다란 어깨
얇은 구름 쪽 거미줄 가려
파도나 바람을 귀밑에 듣네

갈매긴 양 떠도는 심사
어디 하난들 끝 간 델 알리
으릇한 사념을 기폭(旗幅)에 흘리네

선창(船窓)마다 푸른 막 치고
촛불 향수(鄕愁)에 찌르르 타면
운하는 밤마다 무지개 지네

박쥐 같은 날개나 펴면

아주 흐린 날 그림자 속에
떠서는 날잖는 사복이 됨세

닭 소리나 들리면 가랴
안개 뽀얗게 내리는 새벽
그곳을 가만히 내려서 감세

일식

쟁반에 먹물을 담아 비쳐 본 어린 날
불개는 그만 하나밖에 없는 내 날을 먹었다

날과 땅이 한 줄 위에 돈다는 고 순간만이라도
차라리 헛말이기를 밤마다 정녕 빌어도 보았다

마침내 가슴은 동굴보다 어두워 설레는고녀
다만 한 봉오리 피려는 장미 벌레가 좀쳤다*

그래서 더 예쁘고 진정 덧없지 아니하냐
또 어디 다른 하늘을 얻어
이슬 젖은 별빛에 가꾸련다

해후

모든 별들이 비취 계단을 내리고 풍악 소리 바로 조수처럼 부풀어 오르던 그 밤 우리는 바다의 전당을 떠났다

가을꽃을 하직하는 나비 모양 떨어져선 다시 가까이 되돌아보곤 또 멀어지던 흰 날개 위엔 별살도 따갑더라

머나먼 기억은 끝없는 나그네의 시름 속에 자라나는 너를 간직하고 너도 나를 아껴 항상 단조한 물결에 익었다

그러나 물결은 흔들려 끝끝내 보이지 않고 나조차 계절풍의 넋에 같이 휩쓸려 정치못 일곱 바다에 밀렸거늘

너는 무슨 일로 사막의 공주 같아 연지 찍은 붉은 입술을 내 근심에 표백된 돛대에 거느뇨 오—안타까운 신월(新月)

때론 너를 불러 꿈마다 눈 덮인 내 섬 속 투명한 영락(玲珞)으로 세운 집 안에 머리 푼 알몸을 황금 항쇄(項鎖) 족쇄

로 매어 두고

귓밤에 우는 구슬과 사슬 끊는 소리 들으며 나는 이름도 모를 꽃밭에 물을 뿌리며 먼 다음날을 빌었더니

꽃들이 피면 향기에 취한 나는 잠든 틈을 타 너는 온갖 화판(花瓣)을 따서 날개를 붙이고 그만 어디로 날아갔더냐

지금 놀이 내려 선창(船窓)이 고향의 하늘보다 둥글거늘 검은 망토를 두르기는 지나간 세기의 상장(喪章) 같아 슬프지 않은가

차라리 그 고운 손에 흰 수건을 날리렴 허무의 분수령(分水嶺)에 앞날의 깃발을 걸고 너와 나는 또 흐르자 부끄럽게 흐르자

광야

까마득한 날에
하늘이 처음 열리고
어디 닭 우는 소리 들렸으랴

모든 산맥들이
바다를 연모해 휘달릴 때도
차마 이곳을 범하진 못하였으리라

끊임없는 광음(光陰)을
부지런한 계절이 피어선 지고
큰 강물이 비로소 길을 열었다

지금 눈 내리고
매화 향기 홀로 아득하니
내 여기 가난한 노래의 씨를 뿌려라

다시 천고(千古)의 뒤에

백마 타고 오는 초인이 있어
이 광야에서 목 놓아 부르게 하리라

꽃

동방은 하늘도 다 끝나고
비 한 방울 내리잖는 그때에도
오히려 꽃은 빨갛게 피지 않는가
내 목숨을 꾸며 쉼 없는 날이여

북쪽 툰드라에도 찬 새벽은
눈 속 깊이 꽃 몽우리가 옴작거려
제비 떼 까맣게 날아오길 기다리나니
마침내 저버리지 못할 약속이여

한바다 복판 용솟음치는 곳
바람결 따라 타오르는 꽃성(城)에는
나비처럼 취하는 회상의 무리들아
오늘 내 여기서 너를 불러 보노라

발(跋)

가형(家兄) 육사 선생이 북경 옥리(獄裡)에서 원사(寃死)한 지 이미 이 기(朞)가 지났다. 생각하면 빈궁과 투옥과 유입(流込)의 사십 평생에 거의 하루도 영일(寧日)이 없었으나 문학청년이 아니었던 그가 삼십 고개를 넘어서 비로소 시를 쓰기 시작해서 그처럼도 시를 좋아했던 것은 아마 그의 혁명적 정열과 의욕이 그대로 사라지지 않은 채 시에 빙자해 꿈도 그려 보고 불평도 폭백(暴白)한 것일 것이다. 그러므로 그의 성격은「절정」에서 보이는 바와 같이 초강(楚剛)하고 비타협적이건만은 친구들에게는 관인(寬仁)한 사람으로 알려지고, 경찰서에서는 요시찰인(要視察人)이었건만은 문단에서는 시인 행세를 한 것을 보면 그가 소위 단순한 시인이 아니었던 것을 아는 사람은 알 것이다.

그래 불치의 병이 거의 치경(治境)에 이르렀을 때 끝끝내 정섭(靜攝)하지 않고 해외로 나간 것은 파탄된 생활과 불울(怫鬱)한 심정을 붙일 곳이 없어 내가 그처럼 만류했음에도 나중에는 성을 내다시피 하고 표연히 떠난 것이었다. 그리고 이 걸음은 마침내 사인(死因)이 되고 만 것이다.

이제 8·15의 감격기를 지나고 나 일터에서 집 안에서 그의 모습을 찾아볼 수 없으므로 인간에 유락(流落)한 그의 시고(詩稿)라도 수합해서 그가 이 세상에 왔다 간 자취라도 남겨 보려 하니 실로 그 발자취는 자국 자국이 피가 고일 만큼 신산하고 불행한 것이었다. 이 시작(詩作)의 교졸(巧拙)은 내가 말할 바 아니요 다만 동기(同氣)이면서 동지의 한 사람으로서 그의 타고난 천품을 생각할 때 그가 천년(天年)을 마칠 수 있는 행운만 받았더라도 이 이십 편의 시작(詩作)만으로 그의 유업이 되지는 않았을 것을 생각하면 실로 뼈아픈 일이다.

과연 〈천년 뒤 백마 탄 초인이 있어〉 그의 노래를 목 놓아 부를 때가 있을는지 없을는지는 모르겠으나 그의 생전 친우들과 함께 산존(散存)한 원고를 눈물로 모아 이 책을 내면서 이 책을 내는 데 여러 가지로 진력해 주신 구우(舊友) 여러분에게 무한한 감사와 경의를 표하는 바이다.

1946. 9. 5.

사제(舍弟) 원조 근식(謹識)

*

12쪽 〈정크junk〉는 〈중국에서 화물 운반 등을 위해 쓰는 배〉이다.

19쪽 원문에는 5, 6연이 한 연으로 처리되어 있다. 그러나 앞 연들이 각각 3행으로 처리된 것으로 보아 인쇄 과정의 잘못으로 여겨져 두 연으로 나누었다.

21쪽 원문에는 〈娥眉〉로 되어 있다. 오식인 듯하다.

22쪽 〈찌다〉는 〈성글게 베어 내다〉라는 뜻이다.

23쪽 원문에는 2, 3연이 한 연으로 붙어 있다. 인쇄상의 실수인 듯하다.

25쪽 〈났더니〉는 원문에 〈낳다니〉로 인쇄되어 있다.

28쪽 〈이닻〉은 〈이다지〉의 옛말이다.

33쪽 〈좀쳤다〉는 〈좀먹다〉의 방언이다. 원문은 〈좀치렸다〉로 되어 있다.

해설

이육사와 『육사 시집』

이육사는 1904년 경북 안동에서 5형제의 차남으로 태어났다. 그의 본명은 이원록이다. 그는 이퇴계의 14대손으로 선비 집안의 엄격한 가풍 속에서 어린 시절 조부로부터 한학을 배우며 성장하였다. 1921년 열여덟 살 때에 결혼한 그는 처가가 있던 영천의 백학학교와 대구의 교남학교에서 잠시 신학문을 접하기도 했다. 1923년 대구로 이사한 이육사는 그해 일본으로 건너가 약 1년 동안 머물며 신문물을 익혔다.

육사는 1925년부터 형 원기, 동생 원일과 함께 독립운동 단체에 가입하여 활동했다. 1926년에는 베이징을 다녀왔으며 1927년에는 조선은행 대구 지점 폭파 사건에 연루된 혐의로 그의 형제들과 함께 피검되었다. 이 사건은 사실 이들과 무관한 것이었으나, 원조를 제외한 나머지 세 형제는 이 사건의 주모자로 몰려 모진 고문을 당했다. 이 사건으로 육사는 2년 6개월간 수형 생활을 했다. 1929년 석방된 후 육사는 『조선일보』 대구 지사를 경영하며 기자 활동을 하기도 했다. 그해 10월 광주 학생 사건이 일어나자 또다시 검거되었다 풀려났으며, 1931년 대구에서 배일 격문 사건이 일어나자 동생 원일과 함께 피검되어 6개월 만에 석방되었다. 그리고 베이징으로 건너가 1932년 베이징의 조선 군관 학교에 입교하고 이듬해인 1933년 제1기생으로 졸업한 후 귀국했다. 그러나 1934년 5월 군관 학교 출신자 일제 검거 때에 체포되어 7개월간의 옥고를 치렀다. 출옥 후 육사는, 건강 상태가 안 좋았음에도 불구하고 1935년 다시 베이징으로 떠났다. 이 무렵 베이징 대학 사회학과에서 수학한 것으로 짐작된다. 1936년 건강이 더욱 악화된 육사는 귀국하여 요양의 기간을 갖게 되었다. 이 시기에 그는 많은 시와 산문을 발표했다. 1941년과 1942년에 부친, 모친, 형 원기의 상을 연이어 당한 후 그는 다시 베이징으로 갔다가, 형의 기일을 맞아 귀국하였을 때 서울에서 피검되어 베이징으로 압송되었다. 그리고 1944년 1월 16일 베이징 감옥에서 40세의 젊은 나이로 사망하였다.

이육사의 문학 활동은 1930년 『조선일보』에 「말」을 발표하면서부터 시작된다. 그러나 활발한 작품 활동을 한 것은 국내에서 요양하던 1936년 이후 몇 년간이다. 그는 이 시기에 시뿐만 아니라 루쉰(魯迅)에 대한 글을 비롯한 다수의 평문과 산문, 번역문, 소설 등을 발표하였으며, 사후 몇 편의 유고를 남겼다. 독립운동으로 거의 전 생애를 보낸 그는 시인이기 이전에 지사요 투사요 선비였다. 육사는 남달리 강직한 기질과 올곧은 선비 정신을 지닌 인물이었다. 육사는

〈한 발자국이라도 물러서지 않으려는 내 길을 사랑할 뿐이오. 그렇소이다. 내 길을 사랑하는 마음, 그것은 내 자신에 희생을 요구하는 노력이요, 이래서 나는 내 기백을 키우고 길러서 금강심에서 나오는 내 시를 쓸지언정 유언은 쓰지 않겠소〉라고 단호하게 자신의 심경을 밝힌 바 있다. 가령 「절정」의 한 구절인 〈하늘도 그만 지쳐 끝난 고원 / 서릿발 칼날 진 그 위에 서다〉에는 육사의 물러설 줄 모르는 강직한 기질이 그대로 투영되어 있다. 육사의 시가 강인한 정신과 비장한 위엄 그리고 한시(漢詩)의 안정된 형식을 보여 주는 것은 육사의 삶과 인품으로 볼 때 당연하다고 하겠다.

이육사의 유고 시집인 『육사 시집』은 1946년 10월 20일 서울출판사에서 발행되었다. 총 20편의 시가 수록되어 있으며, 정가는 40원이다. 신석초, 김광균, 오장환, 이용악이 공동으로 서문을 썼고, 동생 이원조가 발문을 썼으며, 화가 길진섭이 장정을 맡았다.

이 시집에 실린 20편의 시가 모두 훌륭한 시적 성취를 보여 주는 것은 아니다. 대표작으로 알려진 「광야」, 「절정」, 「청포도」, 「교목」, 「꽃」 같은 작품들이 이육사 시의 진면목을 보여 준다. 이 대표작들은 극한 상황을 부각시키는 선명한 이미지, 비장하고 남성적인 어조, 미래에 대한 견실한 희망, 절제된 형식과 호방한 기상 등을 갖추고 있다.

앞서 말한 대로 이육사의 짧은 삶은 독립운동에 바쳐졌

다. 그에게 중요한 것은 시가 아니라 정치였다. 그가 시작 활동을 독립운동의 일환으로 여겼던 흔적은 없다. 육사에게 시는 선비가 갖추어야 할 교양이요 덕목이었던 것으로 보인다. 이육사가 불굴의 독립지사였다고 그의 시를 직설적인 독립운동의 노래로 이해하는 것은 온당치 않다. 그러나 육사의 시는 육사의 삶과 분리될 수 없는 것이고, 그런만큼 그의 시에는 독립 의지나 정치적인 염원이 반영되어 있다. 「광야」, 「절정」, 「꽃」 등은 당시의 시대 상황과 독립운동가 이육사를 고려할 때 더욱 감동적인 작품이 되며, 거기에는 절망적 상황을 초극하려는 강렬한 정신의 아름다움이 있다. 「광야」에서는 막막한 광야를 헤매며 민족의 신화를 되찾고자 하는 민족 지사의 비장한 희망가를 들을 수 있으며, 「절정」에서는 극한 상황에 처하여 양보 없는 비극적 삶을 살다간 시인의 서리처럼 차고 강철처럼 단단한 정신을 만날 수 있다. 이런 작품들은 그 형식에서도 엄정한 절제와 균형을 보여 준다.

그리고 「청포도」나 「교목」 같은 시는 시대 상황과 상관없이, 시인의 맑고 강직한 성품을 보여 주는 작품인 듯하다. 특히 「청포도」는 싱그럽고 귀족적인 이미지들로 짜여진 매우 고상한 미학을 보여 주는 작품으로 주목된다. 이 시에서 엿볼 수 있는 시인의 정신적 고결함도 감동적이긴 하지만, 그보다 청포도, 은쟁반, 모시 수건 등이 형성하는 우아한 귀족적 분위기는 우리 시의 전통에서 드물게 보는 것이다. 「교목」도 인상적인 이미지와 상상력으로 시인의 높고 당당한 정신과 기백을 보여 주는 작품이다.

그러나 이런 작품들을 제외한 다른 작품들은, 지나치게 감상적이고 모호한 분위기에 자주 의존한다. 그 감상성이 망국민의 비애와 설움, 베이징과 만주를 떠돌면서 느낀 향수로부터 나온 것이라 하더라도 그것이 곧 시적 성취로 연결되는 것은 아니다. 또 「나의 뮤즈」, 「아미」 등은 나라 잃은 설움에서 비롯된 감정에 기초하고 있다기보다는, 매우 사적인 감정을 비현실적인 정황 속에서 노래한 것에 가까운 듯하다.

『육사 시집』은 유고 시집이다. 이 시집에 실린 몇 편의 뛰어난 시들은, 독립투사로서의 그의 삶 안에서 이해될 수 있는 동시에, 개인사와 특정한 시대를 넘어서서도 공감될 수 있는 보편적인 의미를 획득하고 있다. 그의 투철한 삶과 강직한 성품이 감동적인 만큼 그것이 투영된 그의 시들은 고결한 정신과 강렬한 이미지 그리고 견고하고 고전적인 형식미로 빛난다. 『육사 시집』은 이 몇 편의 시들을 처음으로 대중에게 공개하였다는 점에서, 1940년대의 중요한 시집 하나로 평가될 수 있을 것이다.

이남호(고려대학교 명예교수)

편자의 말

한국 현대시를 대표할 만한 시집들의 초간본을 다시 출간하는 일은 과거를 오늘에 되살리는 일이라기보다는 점점 과거 속으로 사라져 가는 것에 새로운 생명을 부여하여 여전히 오늘의 것이 되게 하는 일이라고 생각한다. 한국 현대시 100년의 역사는 많은 훌륭한 시집을 남겼다. 많은 훌륭한 시집들이 모여서 한국 현대시 100년의 풍요를 이루었다고 말할 수도 있다. 그러한 시집들을 계속 살아 있게 하는 일은 시를 사랑하는 사람의 의무일 것이다.

그러나 이러한 작업은 겉으로 드러나지 않는 수고와 신중함을 많이 요구한다. 첫째는 대표 시인을 선정하는 어려움이다. 수많은 시집들을 편견 없이 재검토해야 하는 수고도 수고지만, 선정과 배제의 경계에 있는 시집들에 대해서는 많은 망설임과 논의가 있어야 했다. 대표 시인 선정 작업이 높은 안목과 보편타당한 기준에 의해서 이루어졌는지는 시간을 두고 전문 독자들에 의해서 판단될 것이다.

두 번째 어려움은 표기에 관련된 것이다. 사실 20세기 전반기의 우리 출판과 한글 표기법의 수준은 보잘것없다.

맞춤법, 띄어쓰기, 행 가름, 연 가름 등에는 혼란스러운 곳이 많고 오식으로 보이는 부분들도 많다. 그것들은 오늘날의 독자들에게 혼란과 거북함을 줄 뿐만 아니라, 작품의 이해를 방해하기도 한다. 그리고 다른 지면에 인용될 때마다 표기가 달라지는 결과를 낳기도 한다. 근대 초기의 많은 문학 작품들을 오늘날의 표기법으로 잘 고쳐서 결정본을 확정 짓는 작업이 시급하다고 할 수 있다. 이러한 생각에서 시적 효과를 지나치게 훼손하지 않는 범위 안에서 표기를 오늘에 맞게 고쳤다. 그러나 시의 속성상 표기를 고치는 일은 조심스럽지 않을 수 없다. 단어 하나, 표현 하나마다 시적 효과와 현재의 표기법 그리고 일관성을 고려해서 번역 아닌 번역 작업을 해야 했다. 이러한 작업이 원문의 분위기를 어느 정도 훼손하는 것은 어쩔 수 없었다. 또 어떻게 고쳐야 할지 판단이 서지 않는 부분도 꽤 있었다. 어쩌면 표기와 관련해서 노력한 만큼의 성과를 얻지 못했는지도 모른다. 그러나 이러한 작업의 축적을 통해서 작품의 결정본을 만들어 나갈 수 있을 것이며, 또한 오늘의 독자에게 친숙한 작품이 될 수 있을 것이다.

초간본의 재출간 아이디어를 최초로 낸 사람은 열린책들의 홍지웅 사장이다. 그분의 남다른 문학 사랑과 출판 감각 그리고 이 작업에 대한 전폭적인 지원에 존경심을 표하고 싶다. 그리고 시집 선정과 표기 수정 및 기타 작업은 이혜원, 신지연, 하재연 선생과 팀을 이루어 했다. 이분들의 꼼꼼함과 성실함에도 존경심을 표하고 싶다. 이 총서가 문학 연구자들뿐만 아니라 일반 독자들에게도 널리 그리고 오래 사랑받기를 바란다.

이남호

한국 시집 초간본 100주년 기념판

육사 시집

지은이 이육사 이육사는 1904년 경북 안동에서 태어났다. 본명은 이원록이다. 영천의 백학학교와 대구의 교남학교에서 신문학을 접했다. 항일 독립운동 단체인 의열단에 가입하고서 중국으로 건너가 활동했으며 베이징 대학에서 수학하였다. 1930년『조선일보』에「말」을 발표하면서 등단했다. 1944년 베이징 감옥에서 마흔의 젊은 나이로 작고했으며 2년 후 유고시집『육사 시집』이 간행되었다.

지은이 이육사 **책임편집** 이남호 **발행인** 홍예빈 · 홍유진
발행처 주식회사 열린책들 **주소** 경기도 파주시 문발로 253 파주출판도시
전화 031-955-4000 **팩스** 031-955-4004 **홈페이지** www.openbooks.co.kr

ISBN 978-89-329-2228-7 04810 **ISBN** 978-89-329-2210-2 (세트)
발행일 2022년 3월 25일 초간본 100주년 기념판 1쇄

초간본 간기(刊記) **발행** 1946년 10월 20일 **정가** 40원 **저자** 이육사 **발행소** 서울출판사(서울시 중구 태평통 1정목 72의 2) **전화** 본국2 6648번